alexandre ladeira

nasceu em São Paulo em 1984. É sociólogo, poeta e escritor. Publicou textos em antologias das editoras Versiprosa (SP) e Metamorfose (RS), e um de seus poemas foi escolhido entre os finalistas do Prêmio Off-Flip de Literatura (2022). Publicou ainda, de forma independente, o livro *Estar e depois de outros poemas* (2007). Vive em Governador Valadares (MG), junto à esposa e os filhos.

ÁGUA MÍNIMA

PARA TRÊS ATOS DE POESIA

alexandre ladeira

editora Urutau
primeira edição
2022

O —

editora Urutau

rua do cajú, 478,
jardim das cerejeiras
06724-015
cotia-sp (brasil)

rua manuel pacheco nobre, 128 - 5º esquerdo
2830-080
barreiro (setúbal)
portugal

[+351] 928053619 [portugal]
[+55] 11 9 4859 2 426 [brasil]

www.editoraurutau.com.br
contato@editoraurutau.com.br

[EDITORES]
tiago fabris rendelli & wladimir vaz
[COORDENAÇÃO DE REVISÃO]
debora ribeiro rendelli
[REVISÃO]
marcella sarubi
[DIAGRAMAÇÃO]
victor h. azevedo
[CAPA]
victor h. azevedo, sobre fotografia de aedrian

dados internacionais de catalogação na publicação (CIP) de acordo com ISBD

ladeira, alexandre
L154a água mínima: para três atos de poesia / alexandre ladeira. — cotia: urutau, 2022.76 p. ; 14cm x 19,5cm.

ISBN: 978-65-5900-354-9

1. literatura brasileira. 2. poesia. I. título.

CDD 869.1
2022-2851 CDU 821.134.3(81)-1

elaborado por odilio hilario moreira junior - CRB-8/9949

sumário

ATO UM: (GUERRA)

ATO DOIS: (PAZ)

ATO 3: (AMOR)

Para o Pablo e para a Tarsila,

os meninos dos meus olhos. Para Juliane,

a razão de tudo.

ATO UM: (GUERRA)

Chama-se Wislawa Szymborska.
Exausta, a cabeça na pedra, recosta.
Parece, então, ouvir um cochicho;
aproxima um pouco mais o ouvido:

EUCANAÃ FERRAZ, *Sentimental*

origem

O som plainou sobre
as águas e os fios se
eriçaram quase como
se fosse o além. O
eco vagou até a borda
de tudo e, súbito, a luz
se acendeu enquanto
lá fora um certo deus
apenas brincava de
imaginar o céu.

fleuma

Os batedores vêm, corações
empalados na ponta da estaca
que ergue a fina poeira no ar.
São apenas, detrás da cortina
de grãos, infindos num grito
que, uniforme, ecoa: "Bravos,
marchem!". Por aqui as vidas
já se curvam submissas ou
indiferentes. De todo modo
plácida, a leva assiste ao triunfo
de tudo aquilo que, há séculos,
já era o indubitável.

páramo

De volta, olhou o céu cheio de nuvens:
"Teremos água durante um bom tempo".
E se esqueceu de todo o resto.
Juan Rulfo, *Pedro Páramo.*

O homem é forte e brinca
de forjar faca na chama
quente, a chama que diz
gladiadores tão carentes
de trocação. O jogo de
ontem, perdido entre os
aviões da ex-União
Soviética e o teste azul
positivo para cocaína, é
puro o lixo que escoa
e vai arder em outra
freguesia: é o carro do
ovo passando na sua rua!
E Rulfo? Ah, Rulfo!
Eu viveria pra
sempre nessas nuvens.

ludibrio

Enfileirados, se espumam
uns aos outros como pedras
de dominó perfiladas na
alba bruma do mar.
Emaranhados, são mútuos
expostos à carga viral
como mortos deitados
na sala de estar.
Ensurdecidos, são ruídos
que distorcem sonoras
as ondas criadas desde a
frágil superfície do sol.
Se assim apenas alvos, são
partilháveis por deuses
e demônios sedentos de
apenas escroques asseclas.

emboscada

Em meio à multidão de montanhas expostas ao céu, o estampido lhe atacou as costas e gemeu: aqui... ali... alhures... Saiu pela frente viscoso de toda aquela poeira ancestral e o pio das aves nada lhe anunciou. Sorte ou agouro, medo ou esperança, de pronto nada mais há. Desse modo, apalpou o sangue e no meio dele sentiu sua faca (que de nada servia o fio) que não fala por entre as costelas de quem lhe mata. De joelhos então, jamais... Se viu entredentes e, por fim, caiu. A baba escorreu sobre a areia e rápida secou. Feito o sol que lá fora, apesar de agora, muito em breve já não mais queimará.

periplaneta

Escuro, quente, úmido:
aí é o lugar de onde, com
as costas felpudas, sente
as mínimas correntes de
ar. Do mundo a tropa
silente, nem mesmo os
argutos lhe espreitarão,
e do onivorismo não cabe
nenhum orgulho, apenas
um caso de sólida adaptação.
Comensal, viu reichs e reis,
rios calmos e caos e mesmo
a origem de deus. Desde
a manta morta idolatra o
mundo profundo (e raso)
e também as áreas mesmo
que atômicas, enfim.
Onde está desde os brotos
alares pode o homem (não
há garantias) um quê de
fé tal que ouso dizer: nem
mesmo o inferno lhe é o
princípio do fim.

sailormoon

Do que é feita
a vacina quando
a doença morre e
do amor quando
a dor termina?
Borderline de
Waly marco
zero: inexiste
fronteira entre
a lucidez e a
— mais pura —
loucura!

boa sorte

Íntima, a mente vaga
feito um móvel solto
na inundação. Sentir
e viver, sorrir e sofrer,
é vital comprar e vender
a topográfica noção do
fim do mundo. Quando
assim, rendidos nos
damos conta de que
a fina e diazepínica
superfície é quase a
espessura de um vidro
que pode, de repente
(perdoe-nos, Gullar),
sob nossos pés se partir.

coração

Concreto armado entre
folhas finas de plasma, é
pelo orifício que te chega
à luz e sai o som do que
nunca foi dito. Por aí é
que flui o estampido,
esse marulho triste que
se esconde no silêncio
das almas mudas.

espera

As paredes dormem famintas,
pois o homem das cartas a
noção do dia perdeu. De
todas as tristes, essas
que leu, só restou o
suspiro e o mofo
da saudade
diluindo a
solidão.

terceiro grau

A brasa chia contra a pele
e o cheiro dói. A alma,
cortada de flexos e luzes,
cores e vergonha, verte
um pus quase amarelo
como se possível fosse
vencer a intrínseca
escuridão. A manhã,
apesar dos espasmos,
já não parece ruim ou
sequer fundamental.
Com gazes e pomadas,
eles apenas vão.

des

Tudo na vida é desalinho:
a enchente que chega do
nada e ferra com tudo, a
ferida que coça enquanto
cicatriza, o motor da geladeira
carente de gás. Tudo é quase
sempre desencontro: um gol
do jogo perdido pro trânsito,
o táxi atrasado no dia de chuva,
o presunto melado na fome
do lanche. Tudo tem sua hora
de desencanto: aquele amor
morrendo, a música que fica
chata, o poema que se alguém
ler não faz diferença (posto
que já foi parido). Tudo na
Terra é desaponto: as teclas
amarelas do piano, o colchão
duro feito um poste, o amante
que, na boca, implora o gozo
e depois o cospe.

built-in

Esmaecido diante da tela
e grafado na tipografia
dos corticoides dados
à cicatrização epitelial,
finge sonhar o oxigênio
de um tempo que, por
suposto hiperbárico,
ainda ignora o relevo
tão placentário de tudo
aquilo que é não usual.

sentido

Reencontrar a fúria
do sangue o gosto
da vida o cheiro
da morte, enfim.
Quando ordenei
o mar se abriu
feito um arco de
ponte, o pássaro
noir. Qual será
o triste fetiche
desse demônio
em meu calcanhar?

vida

Depois da luta, sangue seco,
peito inquieto, chão sambado,
cabelo em desalinho e um
derradeiro suspiro de
dignidade. Queira deus
que ainda encontre, mesmo
que submersos, os últimos

---

vestígios de mim.

alma

Quando entreguei,
disse que era tudo
e fiquei surpreso:
vale só isso
mesmo?

quiromania

Se quase tudo é difícil ao
ao invés de fácil, se todo voo
é livre, ao revés do passo, aqui há
de ser diferente. Com curvas mãos
eu quebro barras e parto, e só com
meu coração agonizo, infarto. Nu,
em transe festivo, eu mato e com
as mãos cansadas, em auto
consolo, consumo o ato.

o reto

Sai por aí dizendo do livro
o verbo verdade. Por fim,
com sedativos e dedos
amarelos, antigo feito a
terra e ditoso como um
buda ao revés, se reclina.
Contrafação de sábio que
se senta sobre a maturidade
das engrenagens emperradas.

raízes

Exilado, o pensamento
sonha decifrar o final
do sol. Imóvel feito retrato,
pneu que abraça o canteiro
não vai a lugar algum.
Personagem segundo de
si, não é mais que cão
modorrento à espreita
da noite e que não late.
Ademais, o destino
fadado aí se escuta,
inda que instado, uma
espécie de crepitar
de mim.

finis

Eu quis te tomar às mãos,
o rastro de sangue
sob a neve cálida
e as folhas soterradas
em sua tez e extensão.
Quis te ouvir a veia
a ponto de expirar,
o peito trêmulo e a
presença extrema
curvados pela súbita e
imponderável tensão.
Tive, contudo, apenas
o comedimento morto,
um subpeso ideal aos
ventos que assolam as
últimas cinzas do sol.
Quando outra vez lhe
aspirei, apenas senti o
lapso daqueles que por
ora, ensimesmados, de
certo nunca mais voarão.

má-sorte

Para o M. G., já que a vida sempre pode ser...

Vou pelas ruas contando
os andares dos prédios
tristonhos, das coisas
vulgares.
Vou pela vida bebendo
das dores, cuspindo nas
pedras, chorando nas
flores.
Não tenho sonhado e nem
sinto motivo de ser um
abrigo pra bocas sem
fim.
Não sou bem-amado e
espero calado que caia
cravado esse céu sobre
mim.

ATO DOIS: (PAZ)

Ela disse que era segredo, me contaria se eu jurasse. Jurei e ela soprou no meu ouvido:

Aline Bei, *O peso do pássaro morto*

bioluminescente

Como não me achar
nessa escuridão sem fim,
onde até o vaga-lume passa
e pisca pra mim?

desmemória

Certa vez me perguntaram
da poesia o mais bruto material,
e com olhos vazios creio que,
oblíquo, me calei. Só num
dia de semáforos intermináveis
— um substantivo desejo de criar
minha própria pequena guerra
mundial — é que dei conta:
poesia é feita do que se esquece.
Ou como queira, do líquen
que recobre a invisível pedra
submersa no açude da gente.

vita brevis

Quando fiz isso a lógica
se moveu. Oh, lâmina solar,
por que invades o meu quintal?
Espessa-se o calor, o suor na testa
e tal. Amo-te, mas existes?
Apressa-te, que a
sombra, rápida,
vem.

programa noturno

Quanto às estrelas,
o campo ideal
pra vê-las, iriam
ao denso interior.
    É carro, é rede,
    é pão, é tralha,
    é breu, é chão,
estrela que o
valha. As luzes
da urbe lá atrás
caídas, no que
agora se divisa
apenas o brilho
das gotas, todas
elas cheias de
muito trovão.

depois

Do
banho
tomado
toalha na
pele já semi
seca a última
gota cai:
ai!

só queria

Desatarraxar a cabeça
e apagar as ideias,
esse excesso de
luz à noite
toda.

porque

Lá fora, até onde
a vista alcança,
é tudo pó de
poesia.

sobre alguém

Que era de vestígios,
derivadas colisões. Os
sentimentos fundidos
em suaves desastres,
cinco minutos talvez:
efêmero feito cigarro,
impaciente feito a maré.
Imprevisto, mas irônica
mente sob controle feito
um solo improvisado de
jazz.

new orleans

Depois de medir "a vida
em colherinhas de café"
(como queria T.S. Eliot)
e com a vista displicente
lendo os ingredientes do
Toddy (pensando em
M. Montenegro),
decidiu que seria banjoísta.
Mas não um desses qualquer.
Seria, sim, capaz de tocar
dixie num instrumento
filetado de madrepérola.
Desde que feito pelas mãos
de um luthier da Louisiana!

pressságio

Teve a intuição de que
nas memórias do futuro
sexo e poesia estariam
nos jornais, dividindo
o mesmo teto. De quebra,
a vida e as angústias,
manuscritas, seriam
apenas o mar. Uma
espécie de brisa a
vir lhe beijar...

mono-no-aware

Na planície de cerejeiras mortas,
quis ser silente água de mar
prestes a levantar. Como vulcão
à espreita do acaso, o gemido
na garganta (seria um grito?)
insiste em arranhar. As mangas
dos quimonos seguem secas,
mas amanhã os bonsais no
vento nevado, é quase seguro
que congelados, irão ao ar.

profundidade

Eu finco meu pé
no azul, um azul
tão fundo que nem
sei onde dá, se é
que dá pé. No fim,
espero que o azul
seja somente o céu
na planta do meu.

resolve:

Que as óperas não mais,
não mais molhem os vitrais,
(essas tristes vidrarias de
insensatas catedrais) e que
as cláusulas pétreas do
coração sejam decretadas,
respeitadas como tais. Que
os amores ora sejam,
mais que meros deveres,
necessários direitos
fundamentais e que a vida
se envergonhe das guimbas
no telhado e das bikes
amarradas nos quintais.
Publique-se essa lei entre
os seres passionais: doravante
pinte-se de amor as janelas de
concreto das cinzentas capitais.

fato é que

Quando a vida caiu em
seu seio, como a cidade
voou em mil pedaços
pelos ares depois do
gotejar das bombas.
Como consequência,
viveu eternamente
estilhaçado de amor.

pthirus pubis

Chato é pegar no banco do
metrô a nádega quente que ali
estava, a sua que para o próximo
morna soará. A vida é dura e tu
apenas mais um, o time que cai
nas quartas e o tabaco osso de
largar o filho viciado em celular.
Velhos carentes, habilitação
vencida, alguma dívida há. A
lâmpada da sala à espera e as
baratas festejando a escuridão.
Saiba que as enchentes mataram
duzentos e tu, expurgo quase útil
do mundo, sobreviveu. Portanto,
anote: com apenas sessenta por
cento é possível levar uma vida
absoluta mente normal.

mas aviso

Que é preciso
alimentar de folhas
e afetos o que cospe
a impressora.

* * *

ATO TRÊS: (AMOR)

A poesia impede a vida
de virar literatura.

Fabrício Corsaletti, *Esquimó*

recomeço

Só hoje notei que as
cadeiras estão bambas
e que a lâmpada do quintal,
de súbito, em algum
momento morreu.
Percebi que a gaveta não
mais fecha sua boca e nem
esconde sua língua seca
sem salivar, e que
vilancetes e madrigais
(ou mesmo rondós e haicais)
por ora não fazem sentido.
Através do vidro canelado
vi que os carros, moto
contínuo, levam ainda
motoristas tristes e fumantes
mastigados pela presteza
dos rádio-jornais,
e que agora pela fresta
já não chega nenhuma luz.
Nesse final de exílio morto,
científico e filosófico o
próprio corpo, diz que se

faz necessário amanhã,
já de antemão,
erigir o céu.

made in

A chuva caía (ou talvez chovia)
cheia de pingos e chiados sinos
que me levaram à China da dinastia
Shun. Como tal, tenho agora a
sensação de que tudo chiará um
pouco nesse mês, posto que
na própria China até o
tempo é chinês.

ars longa

O vaso se
torna técnico,
sintético, mas não
se esvazia. Talvez resseca,
resiste, cambia. Binariza-se
e se projeta através da retina,
do gosto, do tato, do ouvido, do
olfato, enfim… Ainda assim na
na alma se enxerta e penetra.
Microchip poético, *poíesis*
que na tela se faz água e,
contínua, mata a sede
de sentido.

paralipse

Minha boca por si cala
e só por ti a palavra
se omite. Pois o pó
de volúpia que há aí
lava-te a alma e depois
se transpira num sorrir
claro que veste e cobre
meus olhos com um
fino pedaço do céu. Meu
silêncio por mim fala,
renuncia à leveza das
palavras pra expressar-se
no vazio da quietude,
na mudez que resta do
requinte que lhe pulsa.

inverno

A lâmina é lisa e fria feito
a alma ignóbil que amputa
a base da parede branca e
clara do rodapé quase ocre
— carmesim, magenta —
enfim, vermelhas são todas
as cores em pulso contrário
à neve, que se a temos, só
derrete depois das dez.

recomendação

Ao ouvir o alarme da ré,
invariável dê atenção.
Pois como supostamente
quis um certo Bellow,
quem anda à caça de
conselhos espera mesmo
é a placidez do cúmplice.

lascívia

1.

Quando notou o detalhe
na medida do sutil,
a tez e as veias
azuis, quase
a água se
fez.

2.

O timbre, a voz, o pomo.
A pele áspera e vil.
Demi-sec a boca,
súbito úmida,
íntima se
rendeu.

3.

Quem é que imagina
essa pérola oculta,
o fundo do funil?
E a concha rosa,
aos poucos,
se abriu.

4.

Como pode o mastro,
o músculo etéreo,
um teto do céu?
E a verga dura,
salgada, se
ergueu.

5.

Suave barco que invade
o cais, sonho e pele
ou tez e foda-se:
concha e verga
em delício cio
e mais!

6.

Que deus perdoe essa
fúria tão ancestral.
Na coisa de pele/
tez hão, de fato,
gemer e gozar
muitos ais!

água mínima

Por trás da bolha
orvalhada, descobriu
que ela faz terrários
no fundo do jardim.
Pequenas peças de
poesia encerradas
em sua orgânica
atmosfera particular.
Daí para o tempo,
foi só questão do
amor enraizar.

enlevo

Seu riso tão branco
seu riso o mesmo sol
que em mim nasce
seu riso estoico de
medo é só egoico
ou torto seu riso.
Um alívio profundo
às vezes de chumbo
no fundo seu riso é
uma vaga é um pátio
e mais. Do nada seu
riso e tudo se tornam
risonhos amigos e todo
o sentido do mundo que
há em seu riso.

botanical love

A insólita pele, cheiro
de pano fino à pronta
entrega e tátil feito flora
de tricô, se enxertou na
outra derme e germinaram.
Um ecossistema indolor
daí brotou, mesmo com
as variações de pressão
e temperatura, todavia,
incapazes de afetar o
terrário que se enche de
frescor até na calcária
água. Ao fim, pegados,
respiram o sopro de
vida dito amor, os gases
nobres boiando sobre
peitos e pernas, já que
sob os pés deitam
fincados apenas os céus.

lampa

Dentro da crisálida, no
útero do bulbo quase invisível,
o argônio roça o tungstênio dúctil
e dá-se a luz. Um silêncio que dissolve
a escuridão e brilha, feito ideia clara que se
deita sobre o papel pólen. Há quem defenda
que tanta incandescência seja reprimida
com gases ionizados e luz ultravioleta
encapsulados em pó de fósforo e
terras raras. Com isso a vida
alcançará, no máximo,
a temperatura morna
dos espectros
discretos.

desde

1.

Que ele aqui chegou
como um outro, as
mãos trêmulas de
afeto e medo, as
unhas tão pequenas
quase um feto

2.

O tímpano é a casa
do menor ruído, som,
murmúrio, asa. Choro
que chega vasculhando
a escuridão. E agora,
deus do céu: qual
será a solução?

3.

Pouco se dorme
nesse constructo
inerte, no ar o
lácteo acre
quase excede.
Cresce, enrijece,
encorpa e chora:
como uma prece
à espera da seiva
mãe.

4.

Quando a primeira
vez lhe rondar o risco,
o que se faz com a dor
que sobre ela não bastará
o gesto mais brusco de amor?
Prostrados, decerto
morreremos.

erato

Suas costas europeias
te faltam asas e penas
onde eu possa diariamente
catar poemas, e é quase
o espaço entre as suas
costelas o ar que me
prende, me falta e me
encerra. Seu ombro
comigo pode ser leito
pras minhas narinas e
mesmo aves eventuais,
enquanto sua boca só
me faz te pensar em
altivez e mais nada.
Venha e fique aqui.
Não se eleve para o frio,
para o rio ou pras terras
boreais. Lembre-se
que aqui é na bússola
o ponto que aponta o
seu berço, quase o mapa
que define sua fé, seu
culto e seu terço. Reze

aqui! E deixe que lhe
cresçam asas enquanto
aproxima de mim suas
costelas. Se apazigue e
espere que lhe venham
penas, essas onde eu possa,
sentindo apenas o vergar
das costas, todos os dias
catar poemas.

semper fi

Aqui, feito ambulância
à espera de um cão,
distantes e apaziguados os
sonhos veem o vão.
Os olhos do cão vidrados
e nus, o peso do amor e
nós anos a fio, se foi.
Sua dor fincada em algum
lugar onde até a lambida
mais serelepe, a sós
indolor jamais deitará.

adeus

A carta chega,
invólucro singrado
desde Cartagena: dois
cartões-postais e mais
nada de mensagem
cifrada, talvez data,
bula cartográfica
ou carta náutica…
Cartagena de Múrcia
ou das Índias, quem
saberá? Foi a última
que pousou, quiçá,
de passagem pelas
rugas mãos.

descoberta

Lá fora, na península
da vida o sol se abriu.
Não era apenas eu
diante do espelho
que, tão lindo, estava ali.
Era também o menino
que à beira da vida te
ansiava e queria,
mas nós... Diante dos
destinos brutos, jamais
chegamos a lapidar
por completo o céu.

antijornada do herói

No primeiro plano ele nasceu muito rente ao chão e cresceu, solo e terra, junto às ervas mais daninhas. Quando deu conta da sobrevivência, arrastou sua sombra atrás de si até à estalagem bibliodiversa e respirou, o arauto a lhe cantar a fortuna reservada àqueles que, todavia, ousaram o lado de lá. Dentre tantos arquétipos, o de argonauta que rouba o fogo (a contragosto), foi o que mais lhe vestiu. Era imperativo levar à deusa o velocino por entre simplégades que, pétreas, a tudo esmagam, fazer o quê?! Afinal, ela tinha tanto frio. Uma vez batidas as sentinelas que guardam o limiar e de reviver caído no bestiário baleal, viu sua morada e achou o último degrau. Súbito, diante do punho paterno ausente e transmutado camaleão, sentiu o calor do próprio sangue e era vermelho. Mais que vermelho, quase preto de tanto fumo e murro, de tanto ódio e medo... Quando enfim sucumbiu, entre golfadas desesperadas, o ar que falta aos que se afogam no auto fel, sentiu seu *sui generis* dissabor, e era tarde demais. Desgraçada foi a história de um herói que, me deixem contar, deu com os burros n'água e agora, posto que morto, não vai a lugar algum.

boatos

Dizem que era pintor,
que enchia quadros com
homens e mulheres de
muitos amantes, e que
a cada pintura o nome do
artista não era o mesmo
de antes. Dizem que era
pintor e tinha um velho
sino emborcado no jardim,
e que dele pintou um
quadro abstrato com
tinta nanquim. Dizem que
era pintor, que tinha gravatas
de seda e pincéis do Senegal,
e que fumava seus cigarros
entre as muitas flores murchas
do quintal. Dizem que era pintor,
um artista ruidosa mente
exemplar! Mas acerca disso
talvez nunca se possa provar:
é que o velho tempo lá passou
e hoje só o sino roto ainda
está em seu lugar.

plim-plim

Você viu tudo até
o tédio. Blasé,
a gente se
vê!

■ primeira edição
■ setembro de 2022